UN MOT

SUR

LES REMARQUES

DE M. DE CHATEAUBRIAND.

DE L'IMPRIMERIE DE DUBRAY.

UN MOT

SUR

LES REMARQUES

DE M. DE CHATEAUBRIAND.

PAR BÉNABEN.

Quitte donc cette serpe, instrument de dommage.

PARIS,

Chez LELONG, libraire au Palais-Royal, galerie de
bois, n° 233.

1818.

UN MOT ·

SUR

LES REMARQUES

DE M. DE CHATEAUBRIAND,

PAIR DE FRANCE.

La mythologie nous dit que Saturne dévorait ses enfans. Tout au contraire de Saturne, un parti engendre toujours un autre parti qui finit par le dévorer. A peine le trône fut-il rétabli, quelques hommes se groupèrent autour, dans l'attitude de gᵉns qui le soutiennent, comme s'il avait eu besoin de soutien; dès ce moment, d'autres hommes s'empressèrent autour de la Charte, comme pour la couvrir de leur égide; et parce que les premiers avaient pris pour devise *légitimité*, les autres durent prendre pour devise *liberté*. Or voici où nous conduit la pente des choses. Légitimité, liberté, ce sont deux élémens d'une même institution ; il était donc impossible de ne pas arriver de l'une à l'autre. Mais les hommes étaient opposés, il fallut que les idées qui sont sœurs devinssent ennemies. M. de Châteaubriand est sans contredit l'un de ceux dont l'éloquence a le plus contribué à cette funeste division. Il le sent aujourd'hui, et voudrait raccorder ce qu'il a brouillé. Mais outre qu'il prend mal son temps, on voit qu'il agit à contre-cœur ; et dans ses phrases emphatiques en l'honneur du gouvernement représentatif, il est impossible de ne pas apercevoir la mauvaise humeur d'un homme qui embrasse un pis-aller.

La brochure que cet écrivain illustre vient de publier est évidemment marquée d'une double empreinte, et l'on peut dire qu'à l'exemple des médailles, elle a ses deux côtés. Sur l'un, on peint les royalistes victimes de leur fidélité, chassés de toutes les places, en butte à toutes les infortunes ; on y représente le parti contraire avec d'effroyables couleurs ; sur l'autre côté, on laisse entrevoir une alliance entre les persécuteurs et les victimes ; on pousse l'indulgence jusqu'à supposer qu'on peut être honnête homme et jacobin (1); le gouvernement représentatif, dont néanmoins, si l'on en croit la *Note secrète*, il était facile en 1814 de nous ôter pour toujours la fantaisie (2), est offert à l'admiration des peuples comme le modèle des gouvernemens (3). J'ai fait entendre d'où naissent toutes ces contradictions. C'est une lutte entre la passion et la nécessité, entre un vieux sentiment et une industrie nouvelle.

Et d'abord, il est permis de se demander dans quelle intention le noble pair a publié sa brochure. Il l'intitule *Récrimination.* Quel est l'objet de cette récrimination? *La noire calomnie* consistait à le désigner comme auteur de la *Note;* et pour se justifier, il entre dans l'esprit de cette Note, en approuve tous les raisonnemens, en cite avec complaisance plusieurs passages. Je me tromperais en assurant que le sectateur d'une doctrine en est l'inventeur; mais je ne le calomnierais pas. A-t-il

---

(1) Brochure de M. de Châteaubriand, p. 3o.

(2) *Note secrète*, p. 29.

(3) Brochure de M. de Châteaubriand, p. 11.

uniquement en vue les auteurs de la *Note*, qu'il invite « à ne pas se laisser abattre ni effrayer pour tout ce bruit ? » Voyons comme il remplit ses promesses.

Ce n'est point dans les cinq divisions qu'il faut étudier la *Note*, ces divisions n'étant que des conséquences d'une hypothèse, laquelle ôtée, il n'y a rien à diviser. Vous parlez de me guérir, et je me porte à merveille. Vos raisonnemens sont profonds ; mais attendez l'occasion d'en faire usage. S'il est vrai que « la » position et la marche actuelle du Gouver- » nement conduisent au triomphe certain et » prochain de la révolution », permis à vous de rechercher par quels moyens on peut éviter le triomphe, et d'arracher à l'obscurité qui nous les cache, ces grands hommes que le Ciel prédestine à calmer tout d'un coup de si ef- froyables tempêtes. Mais il faut auparavant me prouver que la révolution se prépare, que tout, « depuis le cabinet du Roi jusqu'aux » dernières classes de la société », éprouve sa meurtrière influence. Cette preuve est indis- pensable pour l'honneur de votre bonne foi. Quand vous nous l'aurez donnée, il faudra, pour l'honneur de votre logique, prouver que

la position et la marche actuelle du gouvernement sont les causes de ce danger. Voilà tout
un système régulier et complet. La révolution
marche à pas de géant; on doit l'arrêter. C'est
le ministère seul qui la pousse; on doit chasser
le ministère.

Malheureusement, j'ai beau fureter dans
tous les recoins du chef-d'œuvre diplomatique;
je n'y vois rien qui soutienne cette accusation
contre la patrie. Il est très-vrai que les mots de
révolution et de *révolutionnaire* s'y font lire à
chaque page; et nous avons des gens aux yeux
de qui des redites sont des preuves. Otez cela,
qu'allègue-t-on ? *la Minerve*, comme si la patrie était le carrefour Bussy; les mémoires du
calonel Fabvier, comme s'il était décidé que
ces mémoires sont calomnieux; les lettres de
M. Benjamin de Constant, en faveur de Wil-
frid Regnault, comme si l'on était révolutionnaire, en plaidant la cause du malheur. Tout
se réduit à un grief, très-important il est vrai,
et qui pourtant se cache dans une des notes,
comme s'il avait honte de se produire. Ce grief
où l'Europe entière est enveloppée, c'est que
« déjà la population (de France) semble
» fatiguée d'un excès de vigueur, et éprouver

» le besoin des fatigues auxquelles on l'avait
» accoutumée. Quatre années de conscription ,
» c'est-à-dire plus de douze cent mille hom-
» mes attendent avec impatience le jour qui
» leur mettra les armes à la main, avec l'ordre
» d'inonder l'Europe, cette Europe qui recèle
» partout des passions prêtes à les accueillir. »
Je ne relèverai point l'inconvenance, pour ne
rien dire de plus, d'un tel passage. On saura
bien apprécier sans moi cette conduite de quelques Français qui montrent à l'Europe la patrie
enchaînée et couverte de blessures, en disant :
gardez-vous de sa fureur ; ses chaînes sont trop
légères ; on ne lui a pas tiré assez de sang. Mais
discutons les faits. Est-il vrai que notre jeunesse ne respire que la guerre? Où sont ces mou-
vemens spontanés , ces tristes inquiétudes pré-
curseurs des grandes révolutions? Avant que des
populations armées se précipitent sur d'autres
populations, il se forme toujours quelque grou-
pes séditieux , quelques bandes vagabondes.
Les travaux paisibles sont abandonnés ; un
esprit de mutinerie et d'oisiveté s'empare du
peuple, comme à Manchester. Ose-t-on en
dire autant de nous? Je vois une population
industrieuse, occupée à panser ses blessures en

silence; des mains guerrières conduisent la charrue, ou font courir le fil sur le métier. La paix, l'abondance, la liberté, le Roi qui seul peut nous valoir tout cela, je n'entends pas d'autre cri sortir de toutes les bouches; je ne lis pas d'autres sentimens dans tous les cœurs. Et quelle famille ne garde pas des souvenirs de deuil ? Où n'a-t-elle pas cherché des victimes, cette gloire insatiable comme la mort? Non, la France n'a pas trop de sang, et ne demande pas qu'on lui rouvre les veines. Il y a dans cette fausse et cruelle assertion, mensonge à la fois et parricide.

Et voilà pourtant à quoi se réduit une accusation si violente. Voilà tout ce qui reste de tant d'hyperboles. Toutefois le procès contre la nation est d'une toute autre importance, que le procès contre le ministère; car on ne réforme pas une nation avec une ordonnance. Il est de bonnes gens auprès de qui l'on peut tout hasarder, faciles mortels qui se laissent prendre aux mots, comme à un appât. Dites-leur que cette affreuse calomnie « est un sentiment, » un aveu unanime (1), » ils vous croiront

_____

(1) Voyez la *Note secrète*, p. 11.

sur parole ; comme il est d'autres bonnes gens qui, toutes les fois que vous laisserez tomber de votre bouche ces mots de Charte, et de gouvernement représentatif, éprouveront la joie d'un enfant d'Hali, à la vue d'un renégat. Mais il n'en va pas ainsi de la conviction des Souverains et des hommes d'État. Ceux-là n'auront point de peine à découvrir l'erreur de vos assertions. Ils savent qu'au point où nous en sommes, la nation a plus d'ascendant sur le ministère, que le ministère sur la nation ; ils savent que toutes les manœuvres du plus habile ministre ne la pousseront jamais où elle ne voudra pas aller. Ce sont surtout ces crimes de la nation qu'ils voudront connaître ; ce sont ces crimes qu'il faudra prouver, et ils rougiront pour vous de vos preuves.

Venons au second point ; car autant la confusion seconde une accusation fausse, autant la méthode favorise une défense légitime. On veut que la marche du gouvernement soit toute révolutionnaire. Voyons les preuves. La première n'est que l'accusation même, en d'autres mots : « Les ministres se sont prosternés » devant la puissance révolutionnaire. » Et par quel encens l'ont-ils honorée ? Car nous savons tous si elle est exigeante cette puissance. Quelque grand holocauste sans doute, les suspects, les ôtages, le bouleversement des propriétés, les proscriptions et les bannissemens, et les tribunaux révolutionnaires. En effet, je trouve, dans une certaine époque, un peu de tout cela. Mais en bonne foi, est-ce bien le gouvernement qu'il en faut accuser? Sont-ce bien les ministres qui ont fait violence à la miséricorde du Roi, qui ont flétri solennellement toute une classe de propriétaires, qui ont remué le fond du volcan, pour en faire jaillir de nouvelles flammes? au lieu de se prosterner devant la puissance révolutionnaire, les ministres ont lutté contre elle jusqu'à ce qu'ils l'aient abattue; et l'ordonnance du 5 septembre le prouve bien.

Poursuivons. « Aucun principe monarchique » n'a été reconnu, aucune institution monar- » chique n'a été établie. » Encore du vague. Qu'est-ce que les auteurs de la *Note* entendent par des principes et des institutions monarchiques? Sont-ce les mêmes choses qu'entendaient de graves publicistes, lorsqu'ils parlaient de constituer la famille et la cité, c'est-à-dire, d'établir une discipline domestique opposée à la discipline publique, et d'étouffer l'industrie sous les priviléges? car je veux bien croire qu'au 19e siècle on n'oserait pas qualifier d'institutions monarchiques, les droits seigneuriaux et l'intolérance religieuse. Serait-ce la loi des élections et celle du recrutement qu'ils ont en vue? A les entendre, en effet, rien de plus contraire à l'esprit de la monarchie que ces deux lois; l'une repousse les prolétaires des assemblées électorales, l'autre agrandit le cercle où le Monarque choisira ses défenseurs. Qui croirait, après cette solennelle profession de foi, que les apôtres des institutions monarchiques ont poussé le droit des amendemens jusqu'à éluder l'initiative royale? Je voudrais finir promptement cette dispute de mots, et je crains d'imiter l'apprenti gladiateur qui s'épuise à porter des coups au visage de son adversaire, tandis qu'un seul coup porté au cœur terminerait tout. Hâtons-nous d'arriver à la règle de conduite qu'ils ont tracée au gouvernement, et jugeons, s'il est possible, de leurs censures par leurs préceptes.

» Vous ne pouvez soutenir le Roi, disent-

» ils (1), qu'en vous attachant à tout prix la
» masse de la nation qui veut le conserver;
» (La nation n'est donc pas révolutionnaire?)
» et en renonçant à l'appui dangereux de ceux
» qui veulent le renverser. » Voilà le texte,
voici le commentaire : « La maxime connue
» des ministériels est celle-ci : alliance avec les
» jacobins, le plus tard possible , avec les
» royalistes, jamais. » Donc ils ne recherchent
point l'appui des jacobins. Le commentateur
continue : « A cette haineuse et illibérale
» maxime, les royalistes doivent opposer celle-
» ci : alliance avec les honnêtes gens de toutes
» les opinions (2). » Donc ce sont eux-mêmes
qui recherchent un appui dangereux.

En quoi dangereux? S'écrie-t-on. Nous en-
tendons bien que les jacobins fassent alliance
avec nous, mais à condition qu'ils cessent d'être
jacobins. Ce sont des ennemis qu'il faut aimer
en frères, quand ils penseront comme nous.
C'est dans un tel esprit, qu'en 1815, nous nous
sommes un peu montrés sévères. Qu'ils sentent

---

(1) *Note secrète*, p. 35.
(2) Brochure de M. de Châteaubriand , p. 5o.

la verge; ils marcheront bientôt aussi droit
que les autres. Nous ne les avons châtiés que
pour les ramener au bien ; nous n'avons déployé
devant eux l'appareil des supplices que pour
les forcer à résipiscence. Bonnes gens, qui écri-
raient volontiers sur leurs bannières, cette devise
d'un ordre fameux : *Misericordia et justitia.*

« Si dès l'année 1815, le gouvernement s'était
» assis sur des principes plus positifs , il serait
» aujourd'hui au point de rattacher plus entiè-
» rement, plus franchement et sans danger ,
» les intérêts *qu'il aurait eu peut-être l'air* de
» froisser davantage dans le premier moment;
» les royalistes , rassurés par la conviction que
» le gouvernement du Roi ne s'écarterait pas
» des principes qui , dans leur pensée , peuvent
» seuls le consolider, auraient été les premiers
» à demander que le Roi appelât à lui tous
» ceux qui pouvaient le servir , et auraient
» volontiers accepté dans leurs rangs, les nou-
» veaux convertis à la légitimité.......... D'un
» autre côté, ceux qui, par leurs antécédens ,
» se trouvaient en opposition naturelle avec
» l'établissement du trône, perdant toute espé-
» rance d'expliquer leur conduite , en faisant
« valoir des principes anti - monarchiques ,

» auraient facilement reconnu ceux qu'on
» aurait déclarés immuables, s'y seraient fran-
» chement rattachés lorsqu'ils auraient trouvé
» des garanties de leur avenir; et telle a été
» évidemment leur disposition, dans les pre-
» miers mois de la première restauration. » En
d'autres termes, il fallait mettre nos biens et
nos libertés et nos vies, entre les mains du parti;
qu'on lui eût jeté la France comme une proie;
peut-être aurait-il consenti à ne pas la dévorer
toute entière. Mais n'est-ce point se raviser un
peu tard, et juger après l'événement? Il est
vrai que lorsqu'un orateur du côté gauche,
voulut appeler l'attention de la Chambre sur
les troubles affreux d'une certaine ville du Midi,
quelques jours avant l'acte royal qui en ordon-
nait la répression, ces habiles politiques étouf-
fèrent sa courageuse voix. Mais nous devons
croire qu'il n'y eut pas d'autre motif de cette
grande colère, que le désir d'empêcher les
ressentimens.

Je savais que la passion est mauvaise rai-
sonneuse; mais je ne la croyais pas si absurde;
il n'a rien moins fallu que le témoignage de
mes yeux pour m'en convaincre. Si vous en

croyez les auteurs de la *Note*, c'est un mau-
vais chemin pour un gouvernement que le
chemin du milieu; c'est une véritable folie que
la sagesse. Quoi donc! dans les chocs des partis
ne pas embrasser un parti! rester impassible
au milieu des passions jalouses et irritées!
« Nous disons, et l'expérience le dit mieux que
» nous, que le sage milieu qu'il faut atteindre,
» ce milieu qui est la pensée de l'homme
» éclairé et l'intérêt de celui qui ne l'est pas,
» est un résultat auquel il faut arriver, mais
» n'est pas un moyen d'y parvenir. » (Page 24
de la *Note secrète*.) En d'autres termes, le
conducteur du char doit, à son entrée dans la
carrière, lâcher la bride aux chevaux, atten-
dant, pour modérer leur ardeur, qu'ils l'aient
renversé de son char et foulé aux pieds; et
pour montrer le bon usage que les auteurs de
la *Note* font de l'expérience des nations,
Henri III fit preuve d'habileté en se mettant
à la tête des ligueurs, et Henri IV entendit
mal ses intérêts en ne distinguant point le
huguenot du catholique.

J'abrège ce triste examen, et qu'on ne me
sache pas gré de mon laconisme, si j'ai su du

milieu de ce chaos tirer la pensée fondamentale de la *Note* et du *commentaire*, et la substance de toute cette politique.

En résumé, la *Note* que M. de Châteaubriand soutient de toute la force de son talent, est un tissu de raisonnemens absurdes fondés sur une absurde hypothèse. Aussi les rédacteurs de la *Note* se sont hâtés de produire comme un fait universellement connu, une allégation universellement démentie. Dans cette lutte de la mauvaise foi contre l'évidence, ils ont eu la maladresse (tant la passion est aveugle) de lier si intimément la cause du ministère à celle de la nation, qu'ils ne sauraient blesser l'un, sans que l'autre ne s'en ressente.

Et quand il serait possible que les auteurs de la *Note* eussent pris le change sur la véritable situation des choses, il resterait le grief d'avoir porté leurs plaintes aux étrangers comme à des maîtres, il resterait le grief d'avoir implicitement protesté contre l'indépendance de leur pays. Certes, il faut prodigieusement compter sur la magie des phrases, pour tenter de justifier une si lâche, si honteuse, si cruelle démarche. « Quelle est ma surprise, » dit le noble pair! cette *Note* devait, assu-

» rait-on, demander la prolongation du séjour
» des alliés en France ; » et je n'y vois rien de
pareil ! Si ce n'était point la prolongation du
séjour des alliés en France, que voulaient-ils
donc ? Quoi ! l'on représente la révolution
comme prochaine, à des puissances qui n'ont
occupé le territoire français que pour étouffer
la révolution, et ce n'est point la prolongation
de leur séjour que l'on demande ! On s'adresse
à elles pour diffamer le gouvernement et la
nation, et ce n'est pas le châtiment du gouvernement et de la nation qu'on invoque ! On leur
dit que la population française brûle de se
répandre dans l'Europe, et de renouveler ces
grandes scènes de dévastation dont elle a gémi,
et ce n'est pas les avertir qu'il faut tenir cette
population en bride, et lui fermer plus étroite-
ment que jamais toutes les issues !

A près cet examen de l'objet capital de la
brochure, il me reste peu de chose à dire de
la brochure même. Je n'y vois, pour moi,
qu'un homme qui, accourant pour sauver ses
amis, se noie avec eux. En vain les exhorte-t-il à
faire bonne contenance ; dans la position où
ils se sont placés, ils ne peuvent plus faire que
des fautes. Car ils se sont mis dans la nécessité

d'implorer la révolution et, de la calomnier,
de crier *vive le Roi* et d'attaquer la puissance
du Roi, de se réfugier dans la Charte, et d'y
porter des sentimens et des vœux destructeurs
de la Charte, de désigner à l'Europe les jacobins comme des victimes nécessaires au repos
de tous, et de faire alliance avec les jacobins.
Parmi tant d'écueils, on ne marche ni sûre-
ment, ni vite. Il ne faut pas dire que M. de
Châteaubriand remplit mal son rôle de patron;
il faut dire que ce rôle est impossible à rem-
plir. Il ne faut pas précisément blâmer la politique actuelle du parti, mais sa politique
précédente, qui l'a poussé de faux pas en faux
pas dans une ornière dont je ne crois pas qu'aucune force humaine puisse le tirer.

Que je confirme ceci par deux exemples,
après quoi je laisserai là pour toujours et la
Note et ses panégyristes. Le noble pair fait un
superbe éloge du gouvernement représentatif,
quoique, si j'ai bonne mémoire, cet admirateur
passionné du gouvernement représentatif, n'ait
pas honoré de ses suffrages la loi des élections
et celle du recrutement qui en sont la consé-
quence immédiate. Mais passons. Ce qui lui en
plaît, surtout, dit-il, c'est que toute conspira-

tion y est impossible. Avec tout autre que M. de Châteaubriand, je n'aurais pas craint de citer ce personnage de *l'avare*, qui, prêt à voler son maître, lui soutient qu'il n'est pas volable. « La » Charte est plus forte que nous; quiconque » voudra la détruire sera détruit par elle. » S'il en est ainsi, si telle est la nature de notre gouvernement et sa force propre et constitutive, que les complots des hommes ne puissent rien contre lui, me dira-t-on pourquoi de si vives alarmes, où sont ces dangers imminens d'un établissement à l'abri de tout danger; où est-il ce besoin d'institutions nouvelles, cette absence de principes monarchiques si fréquemment et si emphatiquement proclamés par les auteurs de la *Note?*

Il fallait bien lever cette difficulté; on l'a fait par une restriction, à moins, dit M. de Châteaubriand, « qu'il ne s'agisse de remettre » le despotisme de la révolution, à la place de » la légitimité et de la Charte. Alors appelant » tous ceux qui ont servi ce despotisme, sédui-» sant les soldats, alarmant les intérêts, ils par-» viendraient peut-être à exciter quelques trou-» bles. » Ainsi, ce gouvernement si fort, si robuste, ce gouvernement à l'épreuve de tous les

coups, pourrait bien succomber sous le despotisme de la révolution. Mais il résisterait sans
peine au despotisme féodal, sans doute parce
que le despotisme féodal manquerait de soldats à séduire, d'intérêts à alarmer, parce qu'il
ne trouverait nulle part des soutiens, pas même
dans ces « populations entières et nombreuses
» de l'Ouest et du Midi (1). Et ne resterait-il pas
» deux Chambres ? » dit le noble pair, j'aime
l'objection. Sans doute nous n'avions pas deux
Chambres en 1815. Est-ce donc à moi de montrer aux conspirateurs, s'il en est, comment
l'on dissout une Chambre et comment on la
recompose, et comment la Chambre recomposée
agit au nom du gouvernement représentatif
contre quelques intérêts qu'on n'a pas songé
à représenter ?

J'oserai ajouter que, même, ce gouvernement indestructible était loin de paraître tel
en 1814, « à cette classe d'hommes honorables
» qui avaient conservé les souvenirs du passé,
» embellis de toute la *poésie* de l'histoire, et
» de tout le charme que leur prêtait le temps

---

(1) *Note secrète*, p. 47.

» de leur jeunesse (1). » Ils n'ont embrassé les
institutions nouvelles, que pour y trouver un
asile contre les *persécutions* des ministres (2).
Et ce violent amour pour des institutions au-
trefois abhorrées, date du jour ou la *Monarchie
selon la Charte* vint prendre place parmi nos
chefs-d'œuvre littéraires. D'après ces aveux,
on peut, sans crainte de tomber dans une
grande erreur, supposer que, dans un changement prochain de fortune, les habitudes de
la vie entière l'emporteraient aisément sur des
habitudes de quelques mois, et que les hommes
honorables délaisseraient la Charte qu'ils em-
brassent, comme l'on quitte un abri quand
l'orage est passé. Et par quel respect humain
« flatteraient-ils encore les passions d'un vain
» peuple (3) ? Mais retranchez la Charte, et
» vous n'aurez pas un écu dans le trésor. »
Les conseils provinciaux et municipaux s'en-
tendent-ils donc si mal à établir un impôt;
et au besoin n'avons-nous pas les exécutions
militaires ?

---

(1) *Note secrète*, p. 29.
(2) *Ibid.*
(3) *Ibid.*, p. 49.

J'ai promis de me borner à deux exemples ;
voici le dernier. « Des Français, que le noble
» pair veut bien encore ne pas désigner plus
» clairement, achètent au poids de l'or une
» place dans les feuilles publiques étrangères,
» pour y flétrir des Français (1). » Ne vous
semble-t-il pas qu'il n'y a de place dans les
journaux anglais, que pour les ennemis du
parti ? Ne dirait-on pas qu'il n'existe point de
New-Times, ou bien qu'un même tort change
de nature, pour changer d'objet ? Mais je me.
trompe en tenant la balance égale. Elle ne l'est
plus du moment qu'il y a un aggresseur. Or,
on connaît l'époque où les factions commen-
cèrent à se choisir une arène étrangère, et certes,
ne la connût-on pas, il y a trop de connexion
entre cette industrie et celle que le parti vient
de mettre en usage, pour ne pas lui en adjuger
l'invention. Je pense, avec M. de Châteaubriand,
que la censure qui tient les journaux captifs,
n'est pas en harmonie avec le gouvernement
constitutionnel. Mais qui l'a voulue cette censure, qui l'a provoquée ? Qui a sollicité les lois

---

(1) Brochure de M. de Châteaubriand, p. 10.

d'exception? Qui les a outrées par des amendemens? Qui les a rendues insupportables dans
les détails de l'application? Ainsi le parti ne
peut faire aucun reproche au ministère, que le
ministère ne rétorque avec succès contre lui; il
ne peut hasarder un éloge des institutions
existantes, sans démentir tout ce qu'il a fait
contre elles ; il ne peut vanter l'excellence de
notre constitution, sans reconnaître qu'il est
faux qu'une revolution la menace ; il ne peut
accuser ceux qui se font forts de l'opinion des
étrangers, sans se déclarer coupable, pour les
avoir faits juges de nos différends. Et quand on
en vient au motif de tant de brigues, à ce motif si naïvement, j'allais dire si impudemment
exprimé(1), ce n'est plus de l'indignation qu'on
éprouve.

M. de Châteaubriand a dans les lettres un
juste renom. Moi qui ne peux souffrir sa politique, je me prosterne devant son éloquence.
Il faut gémir quand il la prostitue à l'erreur.
Je sais qu'il a le secret d'embellir tout ce qu'il

_____

(1) *Note secrète*, p. 38. — (Changer le système du
Gouvernement par le changement du ministère.)

touche; mais un œil exercé reconnaît la laideur sous le fard, et les sophismes semés dans de brillantes périodes sont comme des épines qui nous gâtent le beau coloris des fleurs. Ne saurait-il donc faire de son admirable talent un usage plus digne de lui? Et cette France, qui l'honore et qui l'aime, doit-elle entrer en balance avec quelques ingrats nés dans son sein, et qui n'aspirent qu'à le déchirer?